KB126104

세월이 소리 없이 가버렸다

세월이 소리 없이 가버렸다

초판 1쇄 인쇄일 2014년 07월 03일
초판 1쇄 발행일 2014년 07월 09일

글 김향아
펴낸이 양옥매
디자인 신지현

펴낸곳 도서출판 책과나무
출판등록 제2012-000376
주소 서울특별시 마포구 월드컵북로 44길 37 천지빌딩 3층
대표전화 02.372.1537 팩스 02.372.1538
이메일 booknamu2007@naver.com
홈페이지 www.booknamu.com
ISBN 979-11-85609-52-2(03810)

이 도서의 국립중앙도서관 출판시도서목록(CIP)은 서지정보유통지원 시스템
홈페이지(http://seoji.nl.go.kr)와 국가자료공동목록시스템
(http://www.nl.go.kr/kolisnet)에서 이용하실 수 있습니다.
(CIP제어번호 : CIP2014020080)

세월이 소리없이 가버렸다

김향아 시집

 책과나무

세월이 소리 없이 가버렸다.

십여 년 만에 만난 친구의 얼굴에서
시간만 흘러간 줄 알았더니
보란 듯이 세월의 흔적이 나타나 있었다.
그랬구나!
세월이 소리 없이 가버렸구나.
자연이 소리 없이 움직이듯
세월 또한 소리 없이 지나갔다.

너나없이 세월이라는 열차에 몸을 실었고
빠르지도 않고 느리지도 않게
제 속도 유지하면서 질주하는 세월……
내가 어느 정도 위치에 와 있는지 알고 싶거든
연락 끊긴 오랜 친구를 만나 보라!
그 사람 얼굴에서 지금의 내 모습을 볼 수 있으리라.

가끔씩은 내가 와 있는 위치를 체크해 볼 필요가 있다.

그래야 한 템포 쉬어 가야 할 때인지

창밖의 스치는 풍경들을 바라보며 즐겨야 할 때인지

내 옆 좌석엔 누가 있으며, 뭘 하고 있는지

다른 사람들은 어떻게 살아가고 있는지

내가 지금 가장 소중히 여기는 건 무엇이며

잃어버리고 사는 건 없는지

자신을 돌아볼 수 있는 중요한 기회가 된다.

지금도 세월이란 열차는

소리 없이 지나가고 있다.

어느날 문득 지나간 세월을 그리워하면서 **김향아**

| 목차 |

머리말   05

1장

공원   14
봄소식   15
기다림 1   16
오월의 햇살   18
꽃구경 가자   20
비가 내리는 날   21
꽃 2   22
님 마중   23
봄 마중   24
흐린 날   26
아시나요?   27
님이시여!   28
양수리   30
시새움   32
2월, 너는   34
마음 여행   35
내리막   36
선인장   38
늦은 눈   40
봄이 오는 소리   42

아! 가을이여 44

가을비 45

파도 46

밤비 47

내가 사는 세상 48

숲 50

2장

그대의 꽃 52

미안해 2 53

사랑합니다 54

나는 행복한 사람 56

그대를 생각하면서 58

당신을 알고부터 60

사랑, 그것 참! 62

사랑 싹 64

마음 3 65

그대여 66

내 사랑입니다 67

그게 너였으면 좋겠어 68

마음 1 70

그 사람   71

보고픔   72

그대는 누구신가요?   73

인연   74

꽃 1   75

당신이 좋은 이유   76

꿈속에서   78

그리움 한 조각   79

기다림 2   80

그거 알아요?   81

너를 만나러 가는 길   82

꿈   84

그래 볼까요   85

내가 사랑하는 님   86

첫사랑   88

내 사람   89

여자는 왜   90

아마도 그럴 겁니다   92

하루   94

꽃이 아픈가봐요   96

사랑의 조건   98

그리움 3   100

그대에게 중독되다   101

그대 그리움   102

3장

그리움 1   104

향수 1   105

그대가 만약   106

내 맘도 모르면서   108

소중한 사람   110

꽃이 좋은 이유   111

스마트폰   112

잘못된 만남   113

후회   114

욕심   115

삶   116

친구   117

독백   118

지우고 싶은 기억   120

만남   122

묵은 먼지   124

바다   126

인생은 詩가 되어   128

봄과 외로움   129

마음 비우기   130

상처 1   132

성장통 134

가슴아 136

행복 138

휴식 140

미안해 1 142

술 144

그때는 몰랐습니다 146

푸른 사연 148

4장

별은 말한다 150

명절을 보내고 152

울 오빠 154

나들이 158

어버이날 160

침묵 161

그리움 2 162

이별 예감 164

이젠 잊기로 했네 166

상처 2 167

1장

꽃잎이 흔들리면
그 꽃잎 떨어질세라
가슴 조인 적 있으신가요?

바람은 그렇게라도
자신의 존재를
알리고 싶었답니다

－본문 「아시나요?」 중에서

공원

도심 복판에
초록의 숲과 맑은 호수

편안한 휴식 공간
만남의 쉼터

공원의 품속은
여유롭고
엄마의 품속같다

난 오늘도
포근한 품속에 안겼다

봄소식

부드럽게 귓불을 스치는 바람이
봄소식을 전해 준다

촉촉이 대지를 적시는 빗방울이
봄소식을 전해 준다

자꾸 밖으로 나가고 싶은 마음이
봄이 오고 있음을 알린다

봄은 아직 모습을 드러내지 않는데
향긋한 봄 냄새가 코끝을 자극한다

기다림 1

그대 발걸음 소리에
귀를 기울입니다

창밖에서
바스락바스락

"누구신가요."
"가랑잎에요."

커튼 뒤에서
흔들흔들

"누구신가요."
"가을바람입니다."

문틈에서
기웃기웃

"누구신가요."
"달빛이에요."

오월의 햇살

오월의 햇살은 아름답다
오월의 햇살은 향기롭다
오월의 햇살은 정겹다

오월의 햇살에는
붉은 장미의
미소가 담겨 있고

오월의 햇살에는
초록의 싱그러움도
담겨 있다

어디선가 바람 타고 날아온
고운 향기가
마음을 파고드는 건

아카시아 향을 닮은
어릴 적 엄마 품속 같은
향기 때문이리라

꽃구경 가자

친구야
꽃구경 가자
바쁜 걸음 멈추고
쉬었다 가자

예쁜 꽃들이 웃고 있잖아
우리 함께 어울려
마음껏 웃어 보자

꽃처럼 예쁜 내 친구야
꽃구경 가자

비가 내리는 날

비가 내린다
마음에도 내린다

창문으로 떨어지는 빗방울은
이내 사라지지만

마음으로 내리는 비는
차곡차곡 쌓인다

쌓이고 쌓여 강을 이루면
그대 내게 올 수 있도록
작은 종이배 하나 띄우렵니다

꽃 2

누가 너를
꽃이라 불렀을까

고운 자태로
웃고 있는 넌
향기마저 품고 있구나

나도 누군가에게 다가가
영원히 시들지 않는
향기 품은 예쁜 꽃이 되고 싶다

님 마중

산들산들
봄바람 불어오니

생글생글 꽃망울들
웃음보 터지고

파릇파릇 새싹들은
키 재기에 바쁘니

살랑살랑 설레임 안고
나풀나풀 님 마중 가야겠다

봄 마중

님이여
겨울이 흘려 놓고 간
찬바람의 혹독함에도
봄은 뿌리를 깊이 내렸습니다

마른 고목에 꽃을 피워내더니
어느새 꽃이 진 자리에는
파릇파릇
새싹이 돋았습니다

꽃이 피는 모습을 보면서
마냥 좋아라 했었고
꽃이 지는 모습 보면서
남몰래 눈물도 흘렸답니다

계절은 신록으로 질주하고 있습니다
계절이 빠르게 움직이는 건

우리네 인생이 너무 조급하진 않았나
뒤돌아보게 합니다

님이여
이 봄을 안아 보소서
숨 가쁘게 달리는 걸음 잠시 멈추시고
꽃이 진 자리 새싹 나온 모습도 볼 수 있는
마음의 여유를 가져 보소서

예쁘게 펼쳐진 이 봄을
온몸으로 젖어 보소서

흐린 날

하늘이 잔뜩
화가 나 있다
왜 화가 났을까

떠나는 겨울과
오는 봄의 다툼이
보기 싫었나 보다

이젠 화를 푸시고
활짝 웃는 햇살을
보여 줘도 좋겠고

슬픔을 쏟아 내리는
한바탕의 소나기를
내려줘도 좋겠다

아시나요?

꽃잎이 흔들리면
그 꽃잎 떨어질세라
가슴 조인 적 있으신가요?

바람은 그렇게라도 자신의 존재를
알리고 싶었답니다

고운 단풍잎이 흔들리면
그 고운 단풍잎이 떨어질세라
가슴 조여 슬퍼한 적이 있으신가요?

바람은 그렇게라도
자신의 존재를
알리고 싶었답니다

님이시여!

님이시여!
세상은 온통
봄 마중으로 들떠 있습니다

메말라 있던 나뭇가지에는
꿈틀꿈틀
움트는 소리가 들리고

얼었던 땅속에선
새싹 오르는 소리에
밤잠을 설치기도 합니다

봄비는
잠자는 대지를 깨우려는 듯
촉촉이 적셔 옵니다

지나가던 봄바람은

잠잠하던 이내 맘을
흔들어 놓고 가버렸습니다

님이시여!
봄바람이 헤집어 놓은
이 마음을
무엇으로 잠재워야 합니까?

양수리

청평과 여주에서 살던
두 물줄기가 서로 만나
도란도란
애기꽃을 피우는 곳

양쪽에서 달려와
피곤하기도 하련만
잠시의 쉼도 잊고
얼싸안고 하나 되네

서로 다른 환경에서 살아
온갖 얘기 하다 보니
시간 가는 줄 모르고

그 모습 어여삐 보아
병풍처럼 둘러싼 산들이
거친 바람 막아 주네

도란도란 얘기 소리
하늘까지 들렸는지
햇살마저 환하게
미소를 짓는다

시새움

해마다 그 자리엔
목련과 벚꽃이
봄을 알린다

곱다기보다는
귀족 같은 자태의
하얀 목련

올망졸망
귀여운 웃음 머금은
아기 벚꽃

이런 모습에 시새움이 난 걸까?
매서운 바람이
맘껏 기승을 부린다

너의 시새움 때문에

즐거운 꽃마중

올해도 포기해야 하나 보다

2월, 너는

일 년 열두 달 중 가장 짧아서
얼른 보면 다른 달에
얹혀 가는 것처럼 보이는 넌

추웠다 따뜻했다
변덕이 심해서
툭, 하면 사람들에게 감기를 선물하는 넌

겨울인지 봄인지
정체가 불분명하지만

너를 넘지 않고선
봄으로 갈 수 없기에

너를 사랑할 수밖에 없다

마음 여행

들길 지나다
이름 모를 풀꽃 한 송이 만났다
웃는 모습이 너무 예뻐
한참을 머물러 눈맞춤했었다

숲길 지나오는데
이름 모를 새 한 마리
고운 목소리로 노래 부른다
밤길 머물러
예쁜 새의 고운 노래 소리
멈출 때까지 기다려 주었다

길 따라 내려오는데
졸졸졸 시냇물 소리
여유롭게 흘러내린다
발을 담그고 앉아 흐르는
시냇물의 여유로움도 느껴 보았다

내리막

한참을 올랐습니다
구슬땀 비지땀 흘려 가면서

잠시 쉬어 가라는
멋쟁이 소나무의 유혹에도
애써 거절했습니다

편안해 보이는 자리 마련해 놓고
손짓하는 듬직한 바위의 배려에도
마다했습니다

조금만 더 가면 정상이라고
위만 바라보며 올랐습니다

그렇게 오르고 또 오른 뒤
정상에 올라서야 알았습니다
그 곳엔 내리막이 기다리고 있었음을…

그제야 깨달았습니다
정상을 오른 자만이 고개를 숙여
내려가야 한다는 진리를…

선인장

모두가 제 잘났다
화려하게 차려입지만

바람 불면 쓰러지고
서리 맞아 드러눕네

태풍인들 무서울까
사람들 손 두렵지 않고

호화로움 오래 못 가고
하늘 높은 것 알았으니

일찍이 땅에 엎드려
낮출 대로 낮추어서

굳은 절개 지키려
온몸에 가시 돋우었으니

그대 찾아오시는 날
그 가시 살포시 접으렵니다

늦은 눈

오늘처럼 늦은 눈이 내릴 때는
왠지 기분이 초연해진다
첫눈이 내릴 때와는 사뭇 다르지만
아무튼 특별한 기분은 비슷하다

자식 사랑에도 그랬으리라
첫아이는 처음이라 특별했을 것이고
막내는 끝이라
남다른 애틋한 정이 느껴졌을 것이라는 걸

나는 막내로 자랐으니
지금 내리는 눈 같은
사랑을 받았으리라

아직도 밖에는 늦은 눈이 내린다
겨울의 흔적을 오래도록 남겨 두고 싶어서일까?
사푼사푼 내려앉지만 이내 사라져 버린다

앞으로도 몇 번의
늦은 눈이 내릴지 알 수 없지만
늦은 눈의 느낌은 사랑스럽고
이내 엄마의 정이 그리워진다

봄이 오는 소리

떠나가기 아쉬워
몸부림치는 늦겨울이었지만
봄이 오는 소리는 여기저기서 들린다

마른 나뭇가지에
물올라가는 소리

땅속 깊숙이
새싹 올라오는 소리

겨우내 얼었던
얼음 녹아내리는 소리

두툼한 겨울옷
장롱 정리하는 소리

뚝 뚝 뚝

털 부츠에서
하이힐 갈아 신고
바쁘게 걸어가는
아가씨의 구둣발 소리

개구쟁이 꼬마들의
활기찬 웃음소리

묵직하게 쳐져 있던
커튼 걷어내는 소리

두툼했던 겨울 이불
세탁기 돌아가는 소리

봄은 이렇듯
여러 가지 소리들로
가까이 오고 있음을 알린다

아! 가을이여

알록달록
변해 가는 너의 모습이
예쁘지만은 않아
어디론가 떠날 채비를
하는 것 같아서
왠지 마음이 쓸쓸해진다
그러니까 차라리
단풍 들지 마라
푸르게
남아 있으면 안 되겠니?
굳이 이쁜 모습 보여 주지 않아도
괜찮아
그냥 너의 모습 그대로
머물러 주면 좋겠다

가을비

가을비 소리
그리움으로
똑, 똑, 똑,
마음으로 떨어진다

빗방울 하나하나에
그리운 모습이 아롱져
마음으로 밀려온다

그대, 잊지 마세요
이 많은 빗방울
하나하나에 그려진 얼굴이
그대라는 것을

파도

처얼썩 처얼썩
화난 듯이 밀려오는 파도가
이내 하얀 물거품 물고
스물거린다

바람에 등 떠밀린 듯 달려와
숨을 할딱거리지만
더 이상 갈 수 없는 바위에 부딪쳐
한숨이라도 돌리려는 듯
서서히 자리를 펴고
주위를 맴돈다

밤비

밤새 울었나보다
아무도 달래주는 이 없이
얼마나 슬펐으면
참고 참았던 슬픔
눈물로 쏟아내렸을까

내가 잠들지 않았더라면
위로해 주었을텐데

쏟아내린 눈물
대지를 흠뻑 적셔놓고도
아직도 서러움이 남았는지
창틀에 눈물 방울
대롱대롱 맺혀있네

내가 사는 세상

파아란 하늘이 아름답다
손에 닿을 듯이
가깝고도 먼 곳에
솜털 구름 한점 띄워
여름 햇살 가려주는
유리알같이 투명한 하늘이 아름답다

코랄트빛 바다가 아름답다
시야가 확 트인 바닷가에 서면
어디서 오는지
시원한 바람 불어와
몸과 마음을 식혀주는 바다가 시원하다

사계절 옷을 갈아입는 산이 아름답다
실개천가에 흐드러지게
피어있는 들꽃이 향기롭고
숲속 어딘가에 목청껏

노래하는 새소리가 정겹다

풀냄새가 좋고

부는 바람에

나뭇잎 부딪치는 소리가 좋다

숲

숲속에 나무를 보라
나무들이 한결같이
곧게 뻗쳐 있지만은 않다

이리 휘어지고
저리 휘어졌지만
함께 숲을 이루었다

우리도 숲처럼 얽히어
서로의 헛점일랑 덮어 주며
사랑하고 용서하며 살아갈 순 없을까

2장

아침에 눈을 뜨면
문자 확인에
누군가의 이름을 찾고 있다면

일을 하다 어느 순간
멍하니 허공을 바라보며
누군가를 생각하고 있다면

그건 분명 누군가를
사랑하고 있을 겁니다

−본문 「아마도 그럴 겁니다」 중에서

그대의 꽃

그대는 내게
나비가 되어 오세요
나는 그대의
꽃이 되렵니다
세상이 그대를 힘들게 할 때면
나폴나폴 날아서
내게로 오세요

그대의 자리는 언제나 비어 있으니
오소서 그대여
나비 되어 오소서

나는 그대의
향기 품은 꽃이랍니다

미안해 2

어쩔래?
니 마음
내가 갖고 있는데

허락 없이 가져와서
정말 미안해

니 마음 보고 싶을 땐
언제든 내게로 와

돌려줄 순 없지만
만나게는 해 줄게

사랑합니다

나 그대 있음에
내가 더
소중함을 느낍니다

예전에 생각지도 않던
건강도 챙기구요
말 한마디
행동 하나에
다시 한번 생각하게 된답니다

그대를 많이 사랑하는 만큼
나 자신을 많이 사랑합니다

사랑의 힘은
건강까지 챙기게 하는
강한 힘이 있답니다

사랑합니다
사랑합니다

몇 천 번 아니 몇 만 번을 해도
부족한 말
그대를 아주 많이
사랑합니다

나는 행복한 사람

세상에 하나밖에 없는 사람
내겐 지극히 소중한 사람
나의 마지막 사랑

이런 당신이 있어
난 더없이 행복합니다

하늘이 내게 준 고귀한 선물
그대의 그림자 되어
잠시도 떨어지지 않을 거예요

앞으로 내게 남은 인생
그대와 잡은 손 놓지 않을 거예요

산속이면 어때요
무인도면 어때요

그대랑 함께라면
그곳이 어디라도 상관없어요

그대를 생각하면서

들려주고 싶어요
오늘 지낸 일들을

그대 생각하면서
하루를 보냈답니다

보여 주고 싶어요
지금 나의 모습을

그대 생각할 때면
미소가 넘친답니다

가난해도 좋아요
사랑할 수 있다면

마음 하나 믿기에
나 그대 좋아합니다

들려주고 싶어요
오늘 지낸 일들을

그대 생각할 때면
눈물이 흐른답니다

당신을 알고부터

언제부턴가 내 눈엔
단 한 사람
당신만 보입니다

하루 종일 당신의 안부가
궁금했습니다

마음은 온통
그대 생각으로
가득합니다

보고 싶다는 말 한마디
전해야 잠들 수 있는

그런 사람이 바로
당신입니다

지금도 당신 생각으로
마음을 가득 채웁니다

사랑, 그것 참!

사랑, 그것 참
얄궂다

한 발 다가서면
한 발 물러서고

한 발 물러서면
한 발 다가온다

사랑은
바보인가 보다

외면하면 찾아오고
바라보면 떠나간다

결국엔 아픔만 남겨 놓고
어디론가 떠나 버린다

사랑이 이런 걸 알면서도
사람들은 다시 사랑을 찾는다

알다가도 모르는 게
사랑인가 보다

사랑 싹

밍밍한 내 삶에
새싹이 돋았다

'사랑'이라는
싹을 틔웠다

내겐 한없이 귀하고
소중한 사랑 싹

예쁘게 소중하게
키워 보련다

가슴은 두근두근
심장은 쿵쿵쿵

사랑은 이렇게
시작되나 보다

마음 3

그대 어디 있나요
허락 없이 길 떠난
내 마음을 찾아야 하거든요
아시잖아요
내 마음은 항상
당신에게 가 있다는 걸

당신이 있는 곳에
내 마음이 있기에
잃어버린 마음을 찾으려면
당신부터 찾아야 한답니다

그대여

내 마음은
그대 가슴에
급속도로
추락하고 있습니다

짧은 사랑이
된다 해도
예정된 이별이
기다린다 해도

지금 이 순간
그대 생각으로
행복합니다

내 사랑입니다

라일락 향을 지니고 있는 그대는
내 사랑입니다

마음이 누군가를 그리워할 때
바람이 데려다 준 곳은
라일락꽃이
흐드러지게 피어 있는 곳이었습니다

라일락꽃 속에서
그대의 미소가 보이고
라일락꽃 잎에서
그대의 향기가 느껴집니다

오늘은 그대가
라일락꽃이 되어 오셨습니다
라일락꽃을 닮은 그대는
내 사랑입니다

그게 너였으면 좋겠어

생각만으로 심장이 뛰고
힘들 때나 즐거울 때
젤 먼저 생각나는 사람
언제나 찾아가면
넉넉한 어깨를 내어주고
기댈 수 있는 여유를 주는 사람

전망 좋은 창 넓은 찻집에서
헤이즐넛 커피 한 잔 시켜 놓고
모락모락 피어오르는 찻잔 속의 향기를 맡으며
세상사는 이런저런 이야기도 나누고
별로 웃기지 않은 이야기에도
목젖이 보이도록 깔깔대고 싶은 사람

세상 사는 게 다 그런 거라며
사심 없이 서로를 위로해 줄 수 있는 사람
비록 멀리 떨어져 있어도

가끔씩 전화 목소리만으로 반가운 사람
예쁜 곳이 있다며 같이 가 보자고 칭얼대는 사람
순간순간 무얼 하고 있는지 궁금해지는 사람

내 마음을 주고 싶은 사람
내가 사랑하고 싶은 사람

그게 너였으면 좋겠어

마음 1

눈에 보이지 않아서
움직임도 알 수 없는
내 마음은
허락도 없이 어디론가
떠나 있을 때가 많다

그래도 화가 나지 않는 건
그럴 적마다 내 마음은
어느 사이
그 사람에게 가 있곤 한다

한참을 허락 없이
가 있던 마음은
얼굴에 홍조 띄우고
기쁨 한 아름 안고 돌아온다

그 사람

멀리서 바라보고 있었다
한눈에 알아볼 수 있었다
많은 사람들 중에
유독 그 사람이 눈에 띄는 건
내 마음을 갖고 있기 때문이다

마음을 달라고 한 적도 없고
내가 보낸 적도 없는데
어느새 허락 없이 가버렸다

텅 비어 있을 내 마음엔
어느새 그 사람 생각으로
가득 채워져 있다

보고픔

사랑은 머리로 하는 게 아닌가 봐
그 사람 생각하면 가슴이 아프거든

보고 싶을 때 볼 수 있는 사람이라면
밤새워 그리워하지는 않았을텐데

긴긴 겨울밤 잠은 안 오고
까만 밤을 하얗게 보내 버려도
행복은 고요히 남아 있네

그대는 누구신가요?

메말랐던 가슴을
봄비처럼 촉촉이 적셔 주는
그대는 누구신가요?

누군가를 닮은 듯하여
처음 보아도 낯설지 않은
그대는 누구신가요?

특별히 할 말은 없지만
자꾸 말을 건네고 싶어지는
그대는 누구신가요?

혼자일 때 홀연히 마음에 찾아와
한참을 머물러 나도 몰래 미소 짓게 하는
그대는 정녕 누구신가요?

인연

그대와의 인연은
어느 날 갑자기였습니다
준비할 마음의 여유조차 없이
그렇게 밀물처럼 다가왔습니다

그런데 이상했습니다
처음 본 그대는
낯설지가 않았습니다
어디에서 봤을까…

한참을 생각한 뒤에 알았습니다
처음 본 그대는
꿈속에서 자주 보았던
바로 그 사람이었습니다

꽃 1

내가 너에게 갔을 때
기쁨과 행복을
한 아름 안겨 주었고

세상의 어떤 향수와
비교할 수 없는
고풍스런 향기마저 내어 주었지

그런 너에게 줄 것이 없어
사랑한다는 말과
웃음 한 자락 뿌려 놓고 왔지만

향긋한 너의 체취가
온몸에 젖어 있어
너를 자꾸 생각나게 한다

당신이 좋은 이유

그냥 당신이 좋아요
왜냐고 묻지 마세요
이유가 없거든요

그래도 알고 싶다면
지나가는 바람에게
살며시 물어보세요

혼자 하는 독백을
스치던 바람이
들었을 것 같군요

당신이 보고플 땐
하늘을 보았어요
떠 있는 뭉게구름이
알려 주겠군요

당신을 좋아하는 데는
이유가 없습니다
그래도 묻는다면
"그냥"이라 말하겠어요

꿈속에서

그대랑 만나고 싶어
일찍 잠들었습니다

그대랑 헤어지기 싫어서
늦게야 일어났습니다

꿈속에서 만난 그대가
마음속에 남아 있어

오늘도
행복한 날입니다

그리움 한 조각

내 안에 살고 있는
그리움 한 조각
혼자일 땐 조용히 꺼내 본다

꺼내기가 바쁘게
그대 얼굴 미소 지으며 나타나고
이내 보고픔이 한 아름 밀려든다

그리움은 어느새
그대 생각으로 여울져
허전한 빈 가슴을 가득 채운다

기다림 2

누군가를 기다리는 것은
설레임이 주는 즐거움

가슴은 콩닥콩닥
마음은 두둥실

거울에 비친 모습에
눈빛은 반짝반짝 빛나고

참을 수 없는 미소가
입가에 함박꽃을 피운다

그거 알아요?

그거 알아요?
당신이 멋있다는 걸
적어도 내 눈에 비추어진 당신은
별처럼 빛나고
꽃처럼 향기롭고
솜이불처럼 포근하고
아이스크림처럼 달콤하고

그런데 당신을 사랑하는 마음은
세상 어떤 말로도 표현할 수가 없어서
그게 슬퍼요
당신을 많이 사랑합니다
이 말밖에는 할 말이 없어요

너를 만나러 가는 길

너를 만나러 가는 길은
동화 속 주인공이 된다
복잡한 지하철 안에서도
꽃길을 걷는 듯하고
빼곡히 서 있는 사람들은
모두가 활짝 웃는 꽃으로 보여

내 마음은 이미
너에게로 가버렸고
너의 하얀 미소가 떠올라
내 심장은 쿵쾅거린다

널 만나면 난
마음이 편해서 좋고
천성적인 포용력에 늘
감동 먹곤 하지

빨리 보고 싶다

웃는 너의 모습이

기대된다

반짝이는 너의 센스가

꿈

꿈속에서 만난 너의 모습은
무척 밝았었어
여전히 게걸스러웠고
장난기가 살아 있었어
너의 밝은 미소가 너무 빛나서
눈이 부셔 잠에서 깨어 버렸나 봐
지금 다시 잠들면
너랑 다시 만날 수 있을까?
꿈속 그 자리에 있어 줄래?
나 지금 다시 갈게

그래 볼까요

겨울의 매서운 바람이
아직은 기승을 부려도
우리 사랑 꽃피워 볼까요

겨우내 움츠렸던
마음의 창 활짝 열고
우리 사랑 꽃피워 볼까요

봄이 오면 여기저기
꽃망울 터트려 묻히기 전에
우리 사랑 꽃피워 볼까요

세상에 그 어떤 꽃보다
고귀하고 아름답게
은은한 향기를 발산할 수 있도록
우리 사랑 꽃피워 볼까요

내가 사랑하는 님

내가 사랑하는 님
내게로 온다는 기별을
바람이 살짝 전해 주고 간다

무슨 옷을 입을까
옷장을 뒤지고
가슴이 쿵쿵 뛰어
거울 한 번 쳐다보고

한참을 허둥대다
아차, 이건 아니야
있는 그대로 맞이하련다
오래전부터 간직해 온
그대 향한 분홍빛 사랑이 있잖아

세파에 물들이지 않았고

누구에게 맡겨 본 적도 없는
고귀한 그대 향한
그리움으로 맞이하련다

님이여 오소서
그대를 기다립니다
마음은 이미 마중 나갔습니다

어디쯤에 오시나요
사랑하는 우리 님
달빛아 밝게 비춰 주렴
우리 님 오시다 헤매지 않도록

우리 님 오시는 길에
비단 카펫 깔아 드리오니
살포시 즈려밟고 어여 오시옵소서

첫사랑

첫사랑은
이뤄질 수 없다는 말을
보란 듯이 깨고 싶었다

세월이 흐른 뒤에야
알게 되었다
그건 나의 무모한
생각이었음을

무모한 내 생각은
보란 듯이
깨지고 말았다

내 사람

영혼이 맑아서 별처럼
반짝이는 사람이 있습니다

예쁜 꽃처럼
향기로운 사람이 있습니다

아이스크림처럼 달콤하고
부드러운 사람이 있습니다

맑은 강물처럼 시원하고
생각이 깊은 사람이 있습니다

세상에서 제일 멋있고
날마다 생각나는 사람

그 사람이 내가 사랑하는
내 사람입니다

여자는 왜

여자는 왜
확인하는 걸 좋아할까
사랑한다
사랑해
수십 번, 아니, 수백 번 들어도
돌아서면 다시
확인하고 싶어진다

여자의 마음은
여러 가지로 복잡하다
내가 남자였다면
어떻게 했을까
피곤했을 것 같다

그걸 알면서도
돌아서면 또
확인하고 싶어진다

자기야
나 진짜 사랑하지?

아마도 그럴 겁니다

아침에 눈을 뜨면
문자 확인에
누군가의 이름을 찾고 있다면

일을 하다 어느 순간
멍하니 허공을 바라보며
누군가를 생각하고 있다면

다정하게 걸어가는
연인들의 뒷모습을 보면서
누군가가 보고 싶어진다면

전에 갖지 않았던 것들에
관심을 갖게 되고
자신의 존재감에 새삼
소중함을 느끼고 있다면

그건 분명 누군가를
사랑하고 있을 겁니다
아마도…

하루

오늘도 여느 때처럼
아침에 눈을 뜨니
그대 모습이 젤 먼저
반기는군요

이렇게 하루를
그대와 함께 시작합니다

내 안의 그대가
오늘은 많이 행복했으면
좋겠습니다
그대의 행복이 내 행복이거든요

아침의 맑은 공기도
따끈한 모닝커피 한잔도
그대랑 함께여서 행복합니다

그대가 내 안에 있어
난 언제나 외롭지 않아요
어딜 가든, 무얼 하든
혼자가 아니고 둘이랍니다

매일 그대와 맞는 아침이
향기롭습니다
저녁에 잠들 때까지
곁에 있어주는 그대가 있어
하루하루가
행복할 수밖에 없습니다

꽃이 아픈가봐요

꽃이라 하여 항상
웃고 있는 것만은 아니다
꽃도 아프면 울기도 한다

피는 꽃이 아름다웠다면
시들어있는 꽃도
아름답지 않은가

무슨 아픔 있었길래
화려했던 옷은
누추하게 변했고
그윽하던 향기는
메말라 버렸을까

싱그럽게 피어있는 꽃보다
아파서 시들어있는 꽃에게
눈길이 더 가는 것은

나를 보는 것 같은

측은의 마음이리

사랑의 조건

꽃이 그냥 예쁜 거처럼
숲이 그냥 편한 거처럼
조건 없이 사랑하고 싶다
자연 그대로를 인정하면서

큰 별 작은 별 편견하지 않고
아름답게 빛나는 별 그대로를
사랑하고 싶다
너무 멀리 있음에
안타까움만 간직한 채로

내 마음에 무의식적으로
가지고 있던 저울과 잣대를
미련 없이 버리고 싶다
나의 순수함을 되찾기 위해서

세상에 태어날 때 욕심없이

순수함으로 왔던 그 모습으로
나 이제라도 돌아가련다

조금 늦었으면 어때
지금이라도 그동안 오염된
마음의 옷을 훌훌 벗어 버리고
아침 이슬처럼 맑고 투명하게
빛나고 싶다

그대를 조건 없이
사랑하고 싶다
있는 모습 그대로
그 아픔까지
가슴에 품고 싶다

그리움 3

그대와 걸었던 바닷가
파도소리가 귓전에 맴돌아
오늘밤 문득 그리워
마음으로 달려 갔습니다

여전히 파도는 철썩거리고
갈매기 소리도 여전한데
당신은 보이지 않네요

혼자 쓸쓸히 찾은 바닷가
그리움만 한 가득 안고
파도 소리 뒤로한 채
돌아왔습니다

그대에게 중독되다

언제나 그랬듯이
어김없이 젖어드는
그대 생각
아침부터 저녁까지
온통 그대 생각

난 이걸 중독이라
표현한다

그런데 어떡하지?
난 이 중독에서
벗어나고 싶지 않은 걸

그대 그리움

강물이 바다를
그리워하듯

잎새에 이는 바람이
수평선을 향해 질주하듯

그대 향한 마음은
멈출 수가 없어요

출렁이는 마음의 파도는
당신만이 잠재울 수 있어요

한 여름날에 느껴오는 이 한기는
당신의 따뜻한 손길이 필요하고요

끝없이 솟아 오르는 그리움은
마르지 않는 샘물 같아요

3장

터져 나오려는 눈물 감추려고
애써 웃고 있는 나에게
웃는 모습이 예쁘다고
자꾸 웃어 보라 말하네

가슴엔 소리 없이
빗물이 내리고 있는데
성격이 밝아 보여
좋아 보인다 말을 하네

−본문 「내 맘도 모르면서」 중에서

그리움 1

마음 깊숙이 잊혀지지 않는 기억들
세월은 소리 없이 여기까지 데려왔지만
내 마음의 흔적들이 지워지지 않는다

지금까지 살아오면서
참 많은 흔적이 마음속에 남아 있다
하나씩 끄집어낼 적마다
그때 그 시절이 그리워진다

보고 싶은 사람들
돌아가고 싶은 순간들

마음은 어느새 옛날로 돌아가고
내 눈엔 영롱한 이슬이 맺힌다

향수 1

그곳에 가고 싶다
꿈을 키우던 곳

바다가 있고
산이 있고

인심 좋은 사람들이
살고 있는 곳

그곳에 가고 싶다

그때 그 사람들은 없겠지만
흔적은 남아 있으리니

그리운 추억 찾으러
그곳에 가고 싶다

그대가 만약

그대가 만약
지금껏 살아온 세월 중
언제로 돌아가고 싶으냐고 묻는다면
난 망설임 없이
"지금"이라고 대답할 겁니다

세월이 지난 후에
다시 묻는다 해도
변함없이 같은 대답을 할 겁니다

"지금"이 난 좋다고

"지금"
내 곁에 있는 사람들이 좋고
내가 하고 있는 일이 좋고
내 모습이 좋다고

"지금" 내가 행복한 건

그대가 곁에 있기 때문입니다

내 맘도 모르면서

터져 나오려는 눈물 감추려고
애써 웃고 있는 나에게
웃는 모습이 예쁘다고
자꾸 웃어 보라 말을 하네

가슴엔 소리 없이
빗물이 내리고 있는데
성격이 밝아 보여
좋아 보인다 말을 하네

새까맣게 타들어 가는
내 맘도 모르면서
철없이 사는 모습이
부럽다고 말을 하네

내 마음은 아직
준비도 안 됐는데

슬픔에 찬 가슴에다
이별이라 말을 하네

소중한 사람

너와 내가 만나서
우리가 되었고

우리가 모여서
사회가 되고
국가가 되었으니

나는 너를
나처럼 사랑하련다

너! 와 나!
이 얼마나
소중한 사람들인가!

꽃이 좋은 이유

꽃이 좋아지면
나이가 들어간다고 했던가?
아닐 거야
그건 꽃을 시기해서 나온 말일 거야
나는 아주 어려서부터
꽃이 좋았거든

울 엄마가 좋아하셨던 꽃

꽃을 보면
울 엄마도 보이고
아련하게 멀어져간
그리운 시간들이
가슴으로 다가와서
지나간 세월들을 한참 동안
얘기하곤 하지

스마트폰

널 처음 만났을 때
편한 마음보다는
불편하고 어색했었지

불편한 동행을 하는 동안
어느새 막역한 사이가 되어
깊은 정을 나누는구나

아침에 눈을 뜨면
너를 통해
시를 쓰고
세상을 만난다

넌 나에게
웃음을 주고 기쁨을 주는
요술쟁이 나의 벗!

잘못된 만남

사람의 만남에는 분명
잘못된 만남도 있더라
사람은 누구나 사랑하라고
성인들은 말하지만
내가 살아 보니
내 삶을 힘들게 하는
잘못된 만남이
분명하게 있더라

생각만 해도 가슴 설레게 하는
기분 좋은 사람이 있는가 하면
생각하면 왠지 기분이 나빠지는
그런 사람이 분명 있더라

후회

그때는 몰랐습니다
세월의 속도가 이렇게
빠르다는 걸

그때는 몰랐습니다
때가 되면 모두가
떠난다는 걸

그때는 몰랐습니다
세월이 지나 이렇게
후회하게 될 거라는 걸

욕심

내 손에
귀한 보물 들고서
남의 손에 든 보물에
눈멀었었네

내 손에 든 보물이
아름다운 걸 모르고
남이 들고 있는 것에
마음 빼앗겼었네

이건 아니었는데
언제나 후회는
나중에 오는 것

이제야 알았네
그건 나의 잘못된
지나친 욕심이었다는 걸

삶

어디쯤 와 있을까?
지금 나의 위치는
세월이 이끄는 대로
정신없이 달려왔다
잠시 뒤돌아본 나의 삶에는
참으로 많은 사연들이 빌딩처럼 서 있구나!

행복했던 시절들
멈추고 싶었던 순간들
너무나 슬펐던 기억들
지우고 싶은 시간들

내 곁에 머물렀던 그리운 사람들은
모두 어디로 떠나갔을까
알 수 없는 미지의 세계로 떠나버린
보고 싶은 사람들……

친구

수많은 단어들이 있겠지만
친구라는 단어만큼 아름다운 단어가 있을까?

같은 시대에 태어나서
같이 나이 먹어 가고
같은 형태로 삶을 엮어 가면서
할 말은 해도 해도 끝이 없구나

어여쁜 내 친구야
이 아름다운 세상에서
우리 만났으니
오래도록 곁을 지켜 주며
그 마음 변치 말고 예쁘게 살아가자

독백

사랑인 줄 알았어
그렇게 시작되는 줄 알았어

마음 한 번 받은 적 없으면서
내 맘대로 너를
마음에 들여놨나 봐

고백 한 번 받은 적 없는데
내 마음 알아주길 원했어

가끔씩 하는 농담이
진담이길 기대했었고
말 못 하는 마음 생각만으로
설레기도 했었어

혼자 행복했었고
설렜었고

기다렸었어

근데 한계가 왔나 봐
더 이상은 못 하겠어
혼자 생각한다는 게
너무 힘들어
이쯤에서 기권할래

지우고 싶은 기억

내 안에 지우고 싶은 기억 하나
졸졸 따라다니면서 나를 괴롭힌다

바람이 심하게 부는 언덕에 올랐다
지우고 싶은 기억을 보내기 위해서다

"잘 가라! 다시는 내게 오지 마라!"

그렇게 이별하고
홀가분하게 집으로 왔다

그런데 또 생각이 난다
보낸 줄 알았는데 떠나지 않았다

내일은 파도가 심하게 몰아치는
바다로 가야겠다
지우고 싶은 기억을 파도에 실어 보내야겠다

파도야!
지우고 싶은 기억을 너에게 줄게
멀리멀리 데려가 줄래?
다시는 내게 오지 못하게

만남

인연이 아무리 소중하다 해도
만남이 없이는 존재할 수 없는 것
인연은 만남에서부터 시작된다

세상의 어떤 만남도
소중하지 않은 게 없으나
사람과 사람 사이에
만남이 없다면
인연 또한 있을 수 없는 것

어떤 만남도 소중하지 않은 게 없고
만남은 바로 인연으로 이어지며
인연은 새로운
동반자로 잉태된다

사람이 좋아서 만나고
서로의 생각이 달라 인생을 얘기할 수 있어

만남은 빛이 난다

만남은 끝없이 반복될 것이고
인연은 오래도록 머물 것이니
사람들이 좋고 만남이 좋고
부대낌이 좋다

묵은 먼지

책장이 가득 채워져
새로운 책들이
들어설 곳이 없다

마음먹고
책장을 비우기로 했다

전공 서적부터
오래된 책들이
언제 적 먼지였는지
듬뿍 뒤집어쓴 채
외면당하고 있다

이것도 버리자!
저것도 안 보잖아?

그래서 내놓은 책이

족히 칠팔십 권은 되리라

책을 애인보다
아꼈었는데
툭
툭
쉽게 뽑아 버릴 수 있었던 건

내 마음의 묵은 먼지를 그렇게
털어 내고 싶었나 보다

바다

마음이 답답할 땐
바다를 찾는다

언제 가도
반갑게 맞아 주는 바다

힘차게 달려오는
숨 가쁜 파도

어디서 날아왔는지
갈매기 한 쌍이

나풀나풀
바다 위에서 한가롭게 노닌다

처얼썩 처얼썩

답답한 내 마음을
알겠다는 듯이

하얀 거품 물고
발가락을 간지럽히며
같이 놀잔다

고맙다 파도야!

신발을 벗어 던지고
달아나는 파도를
잡으러 가지만

이내 되돌아오는 파도에
이번엔 내가 도망간다

인생은 詩가되어

삶이 힘들 땐 시를 쓴다
내 마음을 가득 담아
시를 써 본다

누군가가 그리워질 땐 시를 쓴다
보고 싶은 마음만큼
시를 써 본다

마음이 답답할 땐 시를 쓴다
가슴이 시원해질 때까지
시를 써 본다

슬퍼질 땐 시를 쓴다
흐르는 눈물이 마를 때까지
시를 써 본다

봄과 외로움

혹독한 겨울의 눈보라 칠 때는
꽃 피는 봄이 오면
마냥 즐거울 거라 여겼다

꽃들이 하나둘 피고 있는데
내 마음은 즐겁지가 않다
활짝 핀 꽃들을 보면서도
그저 멍하니 바라만 본다
파릇파릇 새싹들이 눈 맞춤하자는데
정작 난 허공만 바라본다

지난겨울의 여운이 남아서일 거라고
스스로 변명을 해 본다

알 수 없는 외로움만이
마음속을 파고든다

마음 비우기

부족하면 부족한 대로
넘치면 넘치는 대로
그렇게 받아들이자

물이 흐르면 흐르는 대로
바람이 불면 부는 대로
그렇게 받아들이자

꽃이 피어 예쁘면 예쁜 대로
꽃비 내려 그 꽃잎 떨어진대도
그렇게 받아들이자

기쁘다고 너무 크게 웃지도 말고
슬프다고 너무 서러워 말며
모든 걸 초연하게
그렇게 받아들이자

비우자 내려놓자
아직도 내 안에 내가 많은 걸
욕심이 지나치면 화를 부른다 했던가

고스란히 자리를 내어주는 꽃잎을 보라
파란 싹을 틔우기 위해
예쁘게 피운 꽃을 털어 내지만

떨어지는 꽃잎도
자라나는 새싹도
소리 없이 자리바꿈하지 않는가!

상처 1

자연이든 사람이든
사랑하며 살고 싶었다

미움은 살인이라 여기며
이해하고 용서하며 살고 싶었다

그런데 어느 날
미운 씨 하나 날아들어 왔다

오래갈 듯한 마음의 상처를
허락 없이 선물 받았다

이유 같은 건 없단다
칼을 든 자만의 권위란다

말도 안 되는 변명을 들어야 했고
그저 멍하니 허공만 바라본다

애써 이해하려 하지만

마음 깊숙이 아픔이 느껴진다

성장통

어렸을 적 이유 없이
몸살 증세로 끙끙대면
엄마가 늘 하시던 말씀
"키가 자라려나 보다."

그런 엄마의 말씀처럼
한 번씩 앓고 나면
키가 훌쩍 자라 있음을
느끼곤 했다

세월이 지나 어른이 된 지금엔
가끔씩 마음이 아파 끙끙댄다
마음의 성장통을 앓고 있다
아직도 마음이 성장하고 있나 보다

어렸을 적 엄마의 말씀처럼
한 번씩 마음이 아프고 나면

성숙해진 듯한 마음을 느끼곤 한다

이내, 엄마의 목소리가 그리워진다

가슴아

가슴아
미안하다
늘
아프게만 해서
미안하다

하늘은 해맑게
웃으라는데
바람은 세상시름
버리라는데
인간의 무지함이
널 아프게 하는구나

가슴아
미안하다
늘
아프게만 해서
미안하다

행복

행복이 뭐 특별한가요?
가끔은 이른 아침, 잠이 깨어
새벽 공기 마시며
가벼운 산책길에서도
작은 행복을 느껴요

오늘도 평소와 다르게
일찍 잠에서 깼어요
창문을 열었더니 아침 공기와 함께
봄꽃 향기가 와락 들어와
품에 안기네요

창문 너머 향기 품은 꽃들이
함박웃음 짓고 있네요

"잘 잤니?
밤새 한 송이가 더 피었구나!"

오늘도 이렇게 꽃과의 아침 인사로

하루를 시작한다

휴식

잠시 일상에서 벗어나
조용하고 낯선 곳에서
휴식하고 싶을 때가 있다

누구의 간섭이나 구속 없이
혼자 자유를 누려 보는 것
하루하루가 부대낌의 연속이었다면
철저히 혼자가 되어 자유를 누려보고 싶다

낯선 곳에서
낯선 사람들과의 가벼운
눈인사 정도면 되겠고
주위가 온통 처음 보는 곳으로
두 눈은 호기심으로 반짝일 것이다

참 자유를 느껴 보는 것
그게 하루든 이틀이든

날짜 수가 중요하지는 않다

다시 주변 사람이 그리워지고
일상의 중요함을 느낄 때
그때 그리움 한 아름 안고
제자리로 돌아오련다

미안해 1

눈 내리는 겨울날 창가에 앉아
따끈한 커피로 몸을 녹이며
누구를 생각했을까?

어디를 가 봐도
황량하기만 한 들판을 보면서
못마땅한 표정 지으며
누구를 기다렸을까

조용한 바닷가
쓸쓸히 철썩이며
울부짖는 파도를 보면서
누구를 그리워했을까

예쁜 꽃 한 아름 안고
향기 품은 꽃바람 앞세우고
그토록 기다리던 너가 왔는데

정작 내 마음은 널 반기지 못하는구나

마음 같아선 환호성을 지르며
버선발로 뛰어 나가 안고 싶은데
애타게 그리워한 만큼 기쁘지가 않구나

미안하다 봄아!
먼 길 온 너를 반가이 맞을 수 없는 건
겨울에 대한 연민보다는
내가 봄을 타기 때문일거야

술

사람들이 말한다
술은 술술 넘어가서 마신다고
그런 술을 나도 마셔 본다
오늘은 왠지 취해 보고 싶다

술 취한 사람들의 기분을
느껴보고 싶었을까
아무래도 상관없다
친구가 권하는 맛에 한잔
취하고 싶어서 또 한잔

기분이 알딸딸해지고
얼굴이 홍당무로 변하더니
서서히 몸이 흔들린다

하늘이 돌고
땅도 돌고

온 세상이 돈다

술!
이제 보니 넌
재미있는 친구였네?

그때는 몰랐습니다

저기 저 길 따라 걸으면
그리운 님 있다길래
한여름 뙤약볕도 마다 않고
한 발 두 발
쉬지 않고 걸었습니다

저기 저 산 넘으면
행복이 기다리고 있다기에
외롭고 힘들어도
지친 몸과 마음 달래면서
하루하루 걸었습니다

세월이 지난 지금에야
알았습니다
그 모든 건 항상
내 곁에 있었음을
내가 애써 찾지 않아도

곁에서 그림자처럼
따라다니고 있었음을
그때는 몰랐습니다

푸른 사연

곱게 물든 단풍잎을
꼭 한 장만 따다가
내 마음 가득 담아
물 위에다 띄워 본다

차마 말 못 하고
물 위에다 띄워 보는
어리석은 이 마음을
그대는 아실련지

내 마음 가득 담아
띄워 보낸 푸른 사연
풀섶에 걸릴까
돌부리에 멈출까

고이고이 가기만을
두 손 모아 빌어 본다

4장

어릴 땐 의미도 모른 채
달아드렸던 카네이션
이제는 조금은 알 것 같기에
마음을 가득 담아
천국으로 보내 드립니다

오늘 하루만이라도 그곳에서
예쁜 카네이션 가슴에
달고 다니소서

－본문 「어버이날」 중에서

별은 말한다

짙은 어둠 속에서
피 터지는 벌레들의 싸움을 알 순 없지만
별은 말한다
하늘은 알고 있다고

그리고 별은 말한다
하늘은 스스로 말할 때까지
기다리고 있다고

어둠 속의 일들을
쓰러진 벌레는 말할 수 없지만
하늘은 보았기에
빛이 밝혀 주길 기다리고 있다

빛까지 어둠을 숨기려 한다면
하늘은 용서하지 않는다고
별은 말한다

별은 알고 있다
하늘의 진노가 얼마나 무서운지를

명절을 보내고

시끌벅적한 분위기에
떡국 한 그릇 먹었을 뿐인데
한 살이라는 인생 계급장이
올려진다 하네

바쁘게 살다 보니
보고 싶은 얼굴들 자주 못 보다
명절이라는 핑계로 마주하고 앉아
밤새는 줄 모르고 정겨웠는데

헤어져야 한다는 아쉬움에
가슴이 시려 온다

언제나 그랬듯이
짧은 만남을 위해
긴 기다림으로 설렜었다

다음의 반가운 만남을 기약하며
아쉬움을 뒤로한 채
각자의 삶터로 돌아간다

울 오빠

기나긴 꿈을 꾸고 있는
어렸을 적 내가 젤
존경했던 울 오빠
긴 잠을 자고 있다

무슨 꿈을 꾸고 있을까?

한 번씩 찾아가서
"오빠!" 하고 부르는
내 목소리는 듣고 있을까?

무슨 말을 하고 싶을까?
무슨 생각을 하고 있을까?

일 년 넘게 의식 없이
누워서 잠만 자는 울 오빠
그래도 살아 숨 쉬고 있고

한 번씩이라도 볼 수 있게 해 줘서
무진 감사할 뿐이다

딸 셋에 아들 하나라고
어려서부터
엄마 사랑 독차지했었고
성격이 밝아서 어디서든
누구나 좋아라 웃음 잃지 않았었고
한 번씩 찾아가면
밝게 웃으며 반겨 주시더니

2012년 설 전날 저녁에
무슨 일이 있었던 걸까

원인도 모른 채 쓰러진 오빠
그날 이후로 말도 못한 채
잠만 자는 울 오빠

내가 할 수 있는 건
한 번씩 찾아가서 손 한 번 잡아 보고
긴 한숨 내쉬며
무거운 발길을 돌려야 하는
막내동생의 마음을
아는지 모르는지

오빠!
그래도 사랑해!
이렇게라도 곁에 있어 줘서
정말 고마워!
비록 대화는 나눌 수 없지만
같은 하늘 아래서
같이 숨 쉬고 있는 것만으로도
하나님께 감사드리고 있어

오빠!
꼭 일어나서
2012년 설 전날 얘기 좀
듣고 싶다

나들이

봄꽃이 예쁘다기에
나들이길 나섰네
모처럼의 휴일이라
들뜬 기분 안고 나섰네

한참을 달렸는데 봄꽃은
보이지 않았네
하늘엔 먹구름만 가득하여
사방이 어둠 속이네

분명 이른 아침에 나섰건만
불과 한두 시간 만에 어둠 속에
묻혀 버렸네
두려움이 몰려오니
돌아가고 싶어지네

표지판을 봤더니
일방통행이라 적혀 있네
가고 싶지 않은 낯선 길을
목적 없이 가고 있네
이제야 후회하네
잘못 나온 나들이길

어버이날

어릴 땐 의미도 모른 채
달아드렸던 카네이션
이제는 조금은 알 것 같기에
마음을 가득 담아
천국으로 보내 드립니다

오늘 하루만이라도 그곳에서
예쁜 카네이션 가슴에
달고 다니소서

마음을 꽃으로 담기4
많이 부족하고 모자라지만
감사함과 보고픔을 가득 담아
보내드립니다

많이 보고 싶습니다
존경하고, 사랑합니다

침묵

하루의 왁자지껄하던
소음이 사라지고
세상은 온통
고요함으로 내려앉았다
밤하늘의 별들도 흐릿하게 졸고 있고
가로등마저 가물가물 졸고 있다
가끔씩 들리는 취객의 늦은 귀갓길
투박한 발걸음이
밤의 정적을 깬다
세상은 온통 적막에 싸였다
어둠은 점점 더 무겁게 내려앉는다
숨 막힐 듯한 어둠과 적막이 싫어서
눈을 감는다
칙칙한 어둠을 보내기 위해서다
아침을 빨리 맞고 싶어서다

그리움 2

가슴을 짓누르는
커다란 그리움 하나
애써 삼켜 본다

쉽게 넘기지 못할 걸 알면서
욕심을 부려 봤다

목에 걸렸다
역시, 나의 과욕이었다

아직은 부피가 너무 크다
시간이 필요하다

몇 번의 실패를 반복해야
넘어가려나

무겁게 짓누르는 그리움과

당분간은 함께해야 할 것 같다

나를 힘들게 하는 그리움아!
네가 나를 떠날 때까지

애써 보내지 않으리라
당분간은 같이 다니자!

이별 예감

모진 목숨
지금까지 붙잡고 있었던 건
무슨 말을 하고파서였을까
무얼 기다렸을까

애타게 듣고 싶었던 목소리 한 번
들려주지 않은 채
이젠 정녕 떠나려 합니까

조금만 더 기다려 달라는 말도
차마 나오질 않는군요

험한 세상 모진 고통 삶의 무게
이젠 내려놓으시려는지요

마지막 한마디 듣고 싶었던 대답은
누구를 대신해서 들어야 합니까

애 끓는 동생의 심장 소리는 들리시는지요
아직은 보내 드리고 싶지가 않습니다
그 목소리 한 번이라도 듣기 전에는…

이 동생은 또 한 번의 풀지 못할 가슴의 恨을
불을 품듯 품어야 하는군요

차마 말하지 못할 사연이걸랑
가슴에 품고 가소서!

동생의 여린 가슴 서러움은
제가 할 몫이니
모든 것 털어 버리시고
편한 걸음 하소서!

이젠 잊기로 했네

봄꽃이 하나둘
떨어지는 것처럼
내 마음을 채우던
이름 석 자
이젠 잊기로 했네

봄꽃이 진 자리에
신록이 채워지듯
그렇게 순리대로
채워 가리다

그대, 잘 가오

혹여 어쩌다
생각나시거든
그저 잘 있다고 바람에게
소식이나 전해 주오

상처 2

당신은 떠났습니다
인사도 없이 그렇게 떠났습니다
당신 따라 내 행복도 떠났습니다
긴 밤은 더 길어졌고
활짝 핀 꽃도 슬퍼만 보였습니다

세상은 온통 황폐해 보이고
눈에 보이는 모든 건
꽁꽁 얼어버린 겨울이었습니다

텅 비어버린 내 안을 걷다가
문득 당신 닮은 사람을 보았습니다
가던 길을 멈추고 다가가고 싶었지만
내 안의 상처가 너무 아파
쓸쓸히 발길을 돌렸습니다